오르막길

오르막길

지은이 탁재형
펴낸이 임상진
펴낸곳 (주)넥서스

초판 1쇄 발행 2022년 5월 2일
초판 3쇄 발행 2022년 5월 9일

출판신고 1992년 4월 3일 제311-2002-2호
주소 10880 경기도 파주시 지목로 5
전화 (02)330-5500 팩스 (02)330-5555

ISBN 979-11-6683-278-9   03810

www.nexusbook.com

오르막길

문재인, 히말라야를 걷다

글·사진 **탁재형**

넥서스BOOKS

들어가며

2016년 5월의 어느 날. 친구로부터 한 통의 전화를 받았다.
히말라야에 가고 싶어 하는 사람이 있는데.
코스의 선정과 안내를 맡아 주었으면 한다는 내용이었다.

그 사람은 운명을 건 싸움에서
가까스로, 어쩌면 상처뿐인 승리를 거둔 직후였고
가까운 시일 안에 훨씬 더 무겁고 불확실한
승부에 임해야 하는 처지였다.

두 개의 험한 봉우리 사이에 자리한
얼마 되지 않는 평야와도 같은 시간.
그 시간을 히말라야에서 쓰고 싶어 하는 사람이 문득 궁금해졌다.

삶의 격랑 속에서 히말라야를 찾는 사람들은 대체로 두 부류로 나뉜다.
자신이 알고 있는 세계로부터 최대한 멀어지고 싶은 사람.
혹은 히말라야를 눈금 삼아 자신의 한계를 측정해 보고자 하는 사람.
전자는 떠나는 것이 목적인 사람이고.
후자는 돌아온 이후가 더 중요한 사람이다.

그는 과연 어느 쪽에 속할 것인가.

나는 그를
불과 1년 전에 네팔 대지진의 참사가 할퀴고 간,
그래서 여전히 갈라지고 뒤틀린 땅과 삶이 안개 속에서 울고 있는 곳,
우기雨期의 랑탕 계곡으로 안내하기로 했다.

이 여행이 끝난 뒤,
깔끔하게 정리된 생각과 스스로에 대한 자신감을 가지게 될 것인가,
외려 더 복잡해진 머리와 쇠약해진 육신을 가지게 될 것인가는

오롯이 그의 몫이었다.

탁재형

오르막길

문재인, 히말라야를 걷다

한없이 높은 산과 바닥 없이 깊은 계곡,

무한히 깨끗한 설산과 흙먼지로 뒤덮인 도심이 공존하는 곳, 네팔.

그는 이번이 세 번째 방문이라 했다.

삶에 마디를 내야 할 때, 그는 으레 이곳을 떠올렸던 모양이다.

이 찬란하고 남루하고 웅장하며 옹색한 곳을.

I

히말라야로 떠나다

비행기에서 내려다본 카트만두.

카트만두 트리부반 국제공항에는 별도로 알리지 않았음에도 수많은 환영 인파가 몰렸다.

카트만두

둔탁하고 까칠한 공기가 몰려든다.
카트만두 트리부반.
지혜롭고 용감했던 왕의 이름을 딴 이 공항에서
방문객들이 맛보는 것은
매캐한 혼돈, 혹은 따뜻한 환대.

이름을 피할 그늘을 찾아온 길인데,
사람들이 어찌 알고 꽃을 흔들며 마중을 나왔다.
구름 뒤에 숨은 눈산은 보이지도 않고,
뜻하지 않게 이어지는 이름은
늙은 주지가 내어 온 떫은 차 같을 터인데,
그의 표정이 그래도 밝다.

도망치듯 카트만두를 떠난다.
한시바삐 고요의 땅, 신들의 옷섶 안에 파묻히고자
세간살이 그러모아 차에 싣고
새벽같이 길을 나선다.

먼지투성이 안개가 고여 넘실대는 분지의 턱을 넘어서야
히말라야는 실재의 성역이 된다.
사륜구동의 엔진 소리를
순례자의 지팡이 끝 방울 소리 삼아
굽이를 돌고 또 돈다.

카트만두를 벗어나자마자, 길은 돌 중 한 가지가 된다.
공사 중인 비포장도로 혹은 그렇지 않은 비포장도로.

카트만두에서 아루카르카로 향하는 길목의 이름 없는 찻집.

쉬어 가는 고갯마루에서
차 한 잔을 받는다.

일렁이는 인파 속에서도 잃지 않던 웃음기가
눈에 띄게 희미해진다.
공간 너머의 기억을 응시하는 듯,
무엇인가 시험하러 온 사람의 표정이 된다.

찻잔 속에 모든 질문의 답이 담기기라도 한 양,
가만히 두고 바라보며 말이 없다.
고갯마루 너머 뒤쫓아 오는 비구름이
찻잔 속에 담겼다.

아루카르카 마을 초입의 시바 신당. 2015년 네팔 대지진 때 무너진 모습 그대로다.

아루카르카 학교

무너진 신당,
금이 간 학교,
아마도 생겨났을지 모르는
옆 친구의 빈자리.

그럼에도 아이들은,
사람들은 신이 났다.

아루카르카.
카트만두와 누왈콧을 잇는 비포장길에서도
모질게 버림받은 작은 마을.
지진의 신에게도 잊혀졌더라면
오죽 좋았으랴.

그가 가져온 것은
배움에 필요한 도구 몇 점,
그리고 약간의 돈.

무엇이 그리도 기뻤던 것일까.
손님 하나 찾아왔다고
당장에 갈라진 땅이 다시 붙고
무너진 건물이 일어나는 것도 아닐 터인데.

넉넉지 않은 주머니를 턴
얼마 되지 않는 정성으로
비 와도 공부할 수 있는 곳이 다시 생겨나고
어둠 속으로 떠난 친구들이 돌아오는 것도
아닐 터인데.

지진 피해로 건물이 무너진 아루카르카 중급 학교를 방문했다.
네팔의 중급 학교는 우리의 초 · 중학교 과정에 해당한다.

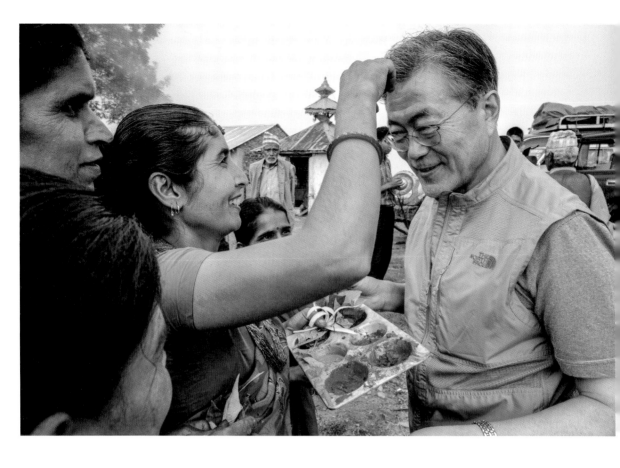

이마에 찍는 붉은 점 '띠까'에는 방문객을 축복하는 의미가 담겨 있다.

그가 카트만두에서 가져온 가장 큰 선물은, 과학 실습 도구와 각종 교보재였다.

학교 앞뜰에서 손님들의 방문을 환영하는 작은 잔치가 열렸다.

잊혀지지 않았다는 안도감이 아니었을까,
그들이 짓던 함박웃음은.
이곳에도 사람이 살고 학교가 있고 지진이 났고
누군가는 죽었고
또 누군가는 여전히 살아가고 있다는 것을
기억해 주었다는 다행스러움이 아니었을까.

기억 속 생존만큼이나,
갈라진 땅 위의 삶은 하루하루가 절박하다.
바깥세상과 잠깐 이어졌던 다리는
해가 반나마 남아 있을 때 끊어지고 없을 것이다.
그래도 대지의 모서리에서
삶은 여전히 치열하게 혹은 지루하게,
계속된다.

아이 하나가
무심한 모래바람에
눈을 찡그린다.

아루카르카의 고갯마루에서 바라본 기네쉬 히말.

아루카르카 학교 마당 한쪽에 자리 잡은 임시 교사(校舍)와 벽돌 무더기.

벽돌 한 장

6천만 년.
테티스 바다 밑바닥의 펄 뭉치가
히말라야의 자갈이 되기까지의 시간.
그 자갈이 다 바스러져 흙이 되고
벽돌장이의 손에 의해 반죽되어
거푸집에 담겨 모양을 갖추고
가마에서 구워져 벽돌이 되기까지의 시간.
그 벽돌이 히말*의 산 중턱까지 옮겨 와
누군가의 희망이 담긴
학교 건물이 되기까지의 시간.

6초.
모든 것이 넘어지고 허물어지고
위태롭게 부여되었던 모든 질서가 해제되고
고통에 찬 절규만이 가득한
건물도 벽돌도 모래 더미도 그 무엇도 아닌
흉물스러운 폐허로 변하기까지의 시간.

* 산스크리트어로 '눈' 또는 '설산'이라는 뜻.
  '거처'라는 뜻의 '알라야'와 합쳐져 '히말라야'라는 단어를 이룬다.

60분.
당신과 그가
영원에 맞서 벽돌을 쌓으며
파멸의 시각 전으로 돌아가기 위해 보내야 하는,
시간의 장부에 기입한 한 줄.

끝이 어딘지 알 수 없어 아득하고 막막하지만
처연한 돌무더기 사이, 한 줄기 이어진
자존과 연민을 잇는 인간의 띠.
계속 쌓음으로써 영원에 닿는
유한한 자들끼리의 연대.

함께 나누어,

손을 맞잡아

영원보다 더 위대해지는

그 한 순간.

학부모들 중 하나가 일행을 집으로 초대해 정성이 가득 담긴 식사를 내왔다.

밥을 품은 손

앉은뱅이 소반에 올려진 접시 위에
소담스레 밥이 담겼다.
곁을 지키는 녹두죽과 볶은 감자,
그리고 말려서 무친 고기.
잔치 끝에 내온 산촌의 밥상.
하지만 손님을 위해 무려, 숟가락씩이나 곁들였다.

숟가락은 외지의 풍습.
누구의 입에 들락거렸을지 모르는 물건은
상종하지 않는 것이 히말의 법도다.
다들 자연스럽게 오른손을 밥에 가져가는 것을 보고
그 역시 숟가락을 놓는다.
그리고는 손으로 밥을 뭉치기 시작한다.

익숙하지 않으니 요령이 없다.
요령이 없으니 편하지 않다.
손의 연장이던 숟가락을 빼고
몸에 원래 달려 있는 손가락으로 먹는 것인데
참으로 곤궁하고 어색하다.

옆에 앉은 주인장이 능숙한 몸짓으로
우리 몸의 일부에 내장된,
지금껏 몰랐던 기능들을 선보인다.
펼치고, 누르고, 비비고, 모아서
소담스레 퍼 올려 입에 넣는다.

객 된 처지에
주인의 법도를 지켜보려는 마음을 담아,
가둬 키우던 감각 중 몇 개를 풀어낸다.
자연스레 살던 곳에 묶여 있던
생각의 고삐도 끊어진다.

곁을 보니 그가
옅은 웃음을 머금은 채로
밥을 품은 손을 입으로 가져간다.
아이처럼 손가락을 빨며
참 맛나게 먹는다.

보는 내가 다 시장해져 온다.

산에서 걱정할 일이
하나는 줄었다.

랑탕 계곡으로 향하는 길. 산허리에 다랑이밭이 가득하다.

랑탕 가는 길

길 같지 않은 길 하나
산허리에 걸렸다.
끓어오르는 구름 속으로
이어지지 않은 듯 이어진다.

가고 온 사람들의,
가서 오지 못한 사람들의 길.
노모를 향해 처자식을 향해
누군가는 모험을 향해 자신의 한계를 향해
심장을 덜컹이며 달려갔을 길.

끊어진 길을 다시 잇는 사이
보이지 않는 굽이를 향한
그의 응시가 길어진다.

기계의 소음이 그치고,
행렬이 움직인다.
산까지 떠밀려 온 인도의 바닷물 속으로
끊어진 듯 이어진 듯
길이 이어진다.

산사태로 무너진 길을 복구 중인 중장비 때문에 길이 막힌 사이, 잠깐 차에서 내려 갈 곳을 바라본다.

히말라야라는 과일의 제철은 10월에서 3월. 하늘은 파랗고 설산은 하얗다.

일행이 랑탕 계곡을 찾은 것은 우기가 한창에 접어든 6월.

히말의 모습은 구름에 가려 간데없고,

신발을 파고든 물기가 마음에까지 스며드는 계절.

제 세상을 만난 거머리는 환호작약 기쁨의 춤을 추고,

으르렁거리는 계곡의 물살은 찾아오는 이들을 겁주는 재미에 취해 있다.

자, 이제 시작이다.

Ⅱ

산을 오르다

성(聖)과 속(俗), 무위(無爲)와 인위(人爲)의 경계.
랑탕 콜라를 가로지르는 출렁다리.

첫걸음

시작이다.

석 달간의 폭우로 들끓는 랑탕 콜라*.
그 위로 이어진 한 줄기 길.
여길 건너면 신들의 땅이다.
가부좌를 튼 시바**의 영토다.

무엇을 생각하러 왔는가.
무엇을 잊으러 왔는가.

* 콜라(Khola)는 네팔어로 '계곡'이라는 뜻.
** 시바(Shiva)는 힌두교의 최고위 신 중 하나로, 파괴와 재창조를 담당한다.

무엇을 하러 왔는가.
무엇을 하지 않으러 왔는가.

무엇을 끊어 내려 왔는가.
무엇과 이어지려 하는가.

어디에서 왔는가.
어디로 가는가.

강이 묻고, 그는 침묵한다.

으르렁대는 강의 포효 속으로,
말 없는 발걸음이 이어진다.

도멘(1,672m)에서 구름이 잔뜩 낀 하늘을 올려다본다.

알 수 없다

언제 비가 올지 알 수 없다.
언제 바람이 잘지 알 수 없다.
언제 산이 무너져 내려 인간의 흔적 따위
존재하지 않던 태고의 모습으로
시간의 흐름을 되돌려 놓을지 알 수 없다.

보이지조차 않는 봉우리 하나
가슴속에 잘 품어 두고

위태롭게 뻗은 길을 따라
발을 내딛는 것만이
지금 할 수 있는 것의 전부다.

걸음을 쌓는다.

잃어버린 소를 좇아 계곡을 헤매었던

라마승처럼,

강물이 흘러오는 쪽을 향해.

봉우리가 있다고 알려진 쪽을 향해.

거칠어지는 그의 숨소리를 듣고 있자니 문득,
그날이 떠오른다.
바람에 소 같은 울음소리
꺽꺽 숨죽여 삼키며
머리를 들면 바람이 여전한지,
봉우리라는 것이 과연 있기나 한 것인지
살필 수조차 없었던

그날의 먹먹함이 되살아난다.

그래. 이 정도라면,
한 발, 또 한 발.
디딜 곳을 살펴 가며
내디딜 수 있는 것이

지금 할 수 있는 것이라면.

샤브루베시(1,450m)에서 라마 호텔(2,480m)로 향하는 내내 비는 그치지 않았다.

오길 잘했다

가뜩이나 드물던 인적이
더 뜸해진 산길.
이따금씩 들려오는
당나귀 행렬의 방울 소리만이
아직은 인간의 영역임을
알리는 징표.

매일같이 내리는 비,
등줄기를 타고 스며들어
등짐 진 나그네를 주저앉히고
발이 마를 새 없는 진창 속에선
한철 장사에 독이 바짝 오른 작은 약탈자들이
어수룩한 뜨내기의 따뜻한 피를 노린다.

지진이 할퀴고 간 땅.

자연의 분노 앞에 부러지고 팽개쳐져

쫓기듯 떠날 수밖에 없었던 이들의 흔적은

쓸쓸함을 북돋는 오브제가 되어

오르려는 나그네의 결의를 시험한다.

지진으로 폐허가 된 롯지 앞에 누군가가 꽃을 꽂아 두었다.

걸을수록 숨이 차올라

말이라곤 쓸모없어지고

일행조차 의미 없어지고

생각마저 소용없어져서

텅 빈 내가 오직 하나,

내딛는 발걸음만 의지하게 되는 곳.

이런 곳이어야 했던 모양이다.

그의 얼굴에 옅은 웃음이 번진다.

잘 왔다.

여기로 오길 잘했다.

빗속을 걸으며

6월의 히말라야.
유월이라니, 가당키나 한가.
한가롭게 새가 지저귀고, 나비가 날고, 포근한 바람 속에
꽃구름이 몽실몽실 맺힐 것 같은 그 이름이,
여섯 번째 달을 맞이하는 히말라야에 어울리기나 한단 말인가.

저 멀리 인도의 바다가 부글부글 끓어,
하얀 포말이 바람에 실려 오는 종착지.
아래로, 옆으로, 또는 사선으로 그러다가 위로.
상상할 수 있는 모든 방법으로 물의 파편을 비산시키는
우기雨期, 몬순의 한복판.

헛된 것을 바라니 노여운 것이다.
매일같이 바다를 퍼 와서 들이붓는 인드라*의 재주 앞에서
몸 젖는 것을 피하려 하니 시름이 끊이지 않는 것이다.

6월이라는 상냥한 이름 따위, 진즉에 잊고
몬순의 계절. 생명을 잉태시키는 나타라자**의 춤판을
지긋이 감상이라도 하는 것이
마음의 평화를 찾는 길이다.

---

* 힌두 신화에 등장하는 천둥과 번개의 신.
** 시바의 별명 중 하나로, 〈춤의 왕〉이라는 뜻.
　시바는 세상을 파멸시키고 새로운 세계를 창조하기 위해 춤을 춘다.

뱀부에서 라마 호텔로 향하던 도중, 잠시 빗속에서 휴식을 취했다.
다행히도 그는, 비 맞는 순간을 푸념하는 부류의 사람은 아니었다.

다행히도 그는,
비 맞는 순간을 푸념하는 부류는 아니었다.
구름 뒤의 해만 바라기보다
비가 그친 순간을 기념할 줄 아는 사람이었다.

그의 젖은 안경 속 표정에 기대
기원해 본다.

내일의 빗속에서도 우리가
물을 퍼나르는 해의 기운을 느끼며,
등줄기를 식혀 주는 빗방울에 고마워하며,
웃음을 잃지 않고
나아갈 수 있기를.

보이지 않는 커일라스*를 향해
구름 위로 땅을 짚으며
외롭게, 담대하게
더운 숨 내쉬며 나아갈 수 있기를.

* 시바가 평상시 머물고 있다고 하는, 히말라야 서부 티베트 지역에 위치한 산.

지진이 몰고 온 산사태로 계곡 양쪽이 무너져 내렸다.
이런 지역은 여전히 붕괴 위험이 있어, 쉬지 않고 통과해야 한다.

롯지를 향해 돌진하던 바윗돌이 기적적으로 멈춰 섰다.

빨래

어딘가의 롯지에 도착하면 한숨 돌릴 만도 한데,
누군가 물가를 먼저 차지하는 것을 걱정이라도 하듯
그는 어느새 대야 앞이다.

여분의 옷을 가져왔다면 감당하지 않아도 될 수고로움이다.
짐을 대신 들어 줄 손 따위 흔하디흔한 네팔의 산행길에서,
셔츠 몇 장 더 챙겨 왔기로서니 딱히 더 품이 들 것도, 돈이 들 것도 아니다.
하지만 그는 말려도 들은 척 만 척 텃밭에 나가는 할머니처럼
물가에 쪼그려 앉는다.

배낭에 쌓이는 빨래감 때문에 행여
더 무거운 짐을 누군가가 져야 한다는 것이.
나의 상쾌함을 위해 다른 이가 더 고단해져야 한다는 사실이.
무엇보다,
언젠가는 처리해야 할,
미뤄 놓은 하루가 쌓여 간다는 것이
그렇게나 마음에 들지 않았던 모양이다.

계절은 여름이지만 물은 한겨울이다.
빙하가 갓 녹아 흘러내린 물은 고체 상태를 가까스로 면했다.

머리가 쭈뼛 설 것 같은 감각을 마다 않고
물속에 처박아 흔들고 두드리고 짜내는 것은
치열했던 하루가 아닐까.

오늘의 뜨거움을 계속 품고 있는 옷으로는
홀가분한 내일을 맞이할 수 없기에,
그는 셔츠에게 얼음물로
부활의 침례를 주었으리라.

그의 뒤를 이어
뒷머리가 바짝 설 정도의 차가움 속으로
두 손을 밀어 넣어 본다.
핀잔을 들어 가며 옷가지를 깨끗하게 하는 법을
처음 배우던 그날처럼,
꼼꼼히 비비고 물기를 짜낸다.

오늘의 수고만큼

내일이 더 상쾌해진다.

좀 더

가벼워진다.

거머리

히말라야의 여름은 거머리의 계절이다.
하루의 절반은 비가 내려서, 길이 온통 진창이 되는
5월에서 9월이야말로
거머리에겐 축제 기간이자 결혼 시즌이고,
상승장이자 성수기다.

단단하게 얼어붙은 땅속에서
긴 겨울을 견뎌 낸 한풀이라도 하듯,
거머리들은 춤을 춘다.
빗방울이 맺힌 풀잎 끝에서,
당나귀가 남긴 푸짐한 배설물 안에서.
일꾼들이 쉬어 가는 돌비석 모서리에서,
그리고 물색없는 여행자의 옷깃 안에서.

춤은 정열적이면서도 처연하다.
닥쳐 올 파국을 예감이라도 하듯,
희박한 확률에 아랑곳하지 않고
절박한 몸짓을 반복한다.
나에게 주어요, 당신을.
그대의 체온을, 생명의 온기를,
따스하고 달콤한 피를.

라마 호텔(2,480m)에서 휴식을 취하던 중, 거머리가 그의 턱에 붙었다.

당신의 삶이 치열하듯,
그들의 노력도 처절하다.
생존을 위해, 나와 내 자식을 위해
어렵사리 잡은 기회에 온몸을 던진다는 점에서
우리는 모두 소시민이다.

이놈들아, 내가 누군지 아느냐.
이 랑탕 바닥에서 흡혈로만 잔뼈가 굵은 것이 석 달이다.
한철 장사 좀 해먹겠다는데
그게 그렇게도 아니꼽단 말이냐.
그 소시민의 당당함과 성실함에 연민을 느껴서인지
녀석이 턱에 붙은 그도, 우리도 웃고 만다.
가만히 달래서 보내 드릴밖에.

선생님.
여기서 이러시면 안 됩니다.
다른 기회를 노려 보시지요.
네? 선생님.

산행 내내 그늘, 쉬어 젖곤 하는 노란 돌래킴바를 신은 채었다

노란 신발

그는 고집이 셌다.
아무리 편한 것도 아니라는 생각이 들면 아닌 듯했다.
지팡이는 두 개를 짚는 것이 여러모로 좋다고 얘길 해도
원래 해 오던 대로 하나만 짚는 것을 포기하지 않았고,
그가 한창 산에 다니던 때엔 없었던,
등에 지는 수통은 한 번 입을 대 보고는 마다했다.
대신 익숙한 방법대로,
가끔 앉아 쉴 때마다 배낭에서 물통을 꺼내는 쪽을 택했다.

발목까지 오는 등산화를 신어야 한다는 조언도
그가 듣지 않은 것 중 하나였다.
거친 자갈길이 이어지는 랑탕의 오르막에서
자칫 발목을 접질리기라도 하면 어쩌나 하는 걱정은
그의 것은 아니었던 모양이다.

공항에서 만난 그의 발에는
히말라야의 산길을 가기엔 턱없이 가볍고 단출해 보이는
노란 신발이 신겨져 있었다.
몰아치는 비와 휘감겨 오는 진창 속에서,
뒤꿈치를 긁어 대는 날카로운 자갈과 위태롭게 벌어진 바위 틈새를
그 신발을 신고 돌아다녔다.

물을 흠뻑 먹어서, 아침에도 철벅이기 일쑤인
그 신발을 신고도 그는
무덤덤한 것인지 거뜬함을 애써 가장하는 것인지
별로 아무렇지도 않게 걸었다.
발목부터 젖어 들어간 그의 양말이
발의 피곤함을 말해 줄 뿐이었다.

신발이 품은 이야기를 알게 된 건
한참이 지나서였다.
뜻을 미뤄 놓고 먼저 간 친구.
그리고 여전히 그를 기리는 사람들.
그런 이들이 만들고, 전해 준 것이
바로 그 노란 운동화였다는 것을
그때의 난 알지 못했다.

그저 그가 고집 세고도 대범해서,
젖은 발의 피로쯤 개의치 않는 줄로만 알았다.
그저 산에 온 것으로 마음이 기꺼워서
그 신발을 신고도 그리 가볍게 걷는 줄만 알았다.
그저 다리에 기운이 넘쳐흘러서
그 신발을 신고 자갈길을 헤쳐 나가는 줄만 알았다.

그가 친구와 함께 걷고 있다는 걸

그때는
알지 못했다.

무너진 길

큰 바람 한 번에
나무가 눕고, 땅이 찢어졌다.

그렇게 길이 무너졌다.
무너진 길은 180명의 목숨 위로 쏟아져 내려
산이 되었다.

얼마나 무서웠을 것인가.
가족과 친지를 집어삼킨 저 산을 보며
얼마나 비통하고 또 원망스러웠을 것인가.
가망 없는 산골의 삶 따위 내던져 버리고
사랑하는 이들을 집어삼킨 산 그림자,
뒤도 돌아보지 않고 내팽개쳐
이승이든 저승이든 이 골짜기가 아니기만 하면 되는
다른 어떤 곳으로
그저 달음질치고 싶지 않았으랴.

하지만 남은 사람들은
다시 길을 이었다.

무너진 밭과 집과 벌어먹던 터를 그대로 놔둔 채,
내려앉은 집의 서까래를 연장 삼아
그것도 여의치 않으면 두 손을 소쿠리 삼아
손톱이 빠지고 생살이 해지도록 돌을 치우고 산을 옮겨
새 길을 이었다.

이어져야 사람이다.
이어져야 삶이다.
이어져야 이 외진 산골의 구석에도
한 포기만 한 희망이라도 등짐에 실려 오는 것이다.
그래서 그토록 절박하게 그들은,
여섯 달에 걸쳐
쓸려 내려간 삶 위로 가느다란 길을 이었던 것이다.

희망의 끈을 이으려는 사람들의 일념一念 앞에,
그가 고개를 숙인다.

무엇을 이으려 하는가.
이어진 길 위로,
어떤 희망을 져 나르려 하는가.
무엇이 희망인가.

고개를 숙인 채 말이 없다.
돌 틈을 더듬는 나귀들의 방울 소리만이
이따금 들려온다.

지진으로 마을이 사라져 버린 현장. 희생된 200여 명의 넋을 기리는 추모비 앞에 그는 한참을 서 있었다.

산사태

퍼히로Pahiro.
산사태.

동네 이름이 '산사태'다.
집채만 한 바윗덩어리가,
어느 가족의 터전이자 나그네들의 쉼터였을 곳을
무참히 박살 내고도 말이 없다.
두 명의 목숨을 앗아가 놓고도,
미안해하거나 죄스러운 기색이 없다.
어찌나 당당한지 자신의 존재 그 자체를
동네의 이름으로 삼아 버렸다.

사연을 듣던 그의 표정이
황망함에서 답답함으로 바뀐다.
자식을, 형제를 잃은 이들의 절규 앞에
바위처럼 단단한 무표정으로 서 있던
동쪽 어떤 나라의 어떤 이들이 떠올라서였을까.

한눈에 보아도 위태로운 곳에 자리 잡은 동네, 퍼히로.

커다란 바위가 덮친 곳에는 폐허만 남았다.

무심해서 자연이지만,
잊지 않기에 인간이다.
무표정한 바위는
이 돌덩어리가 저지른 짓을 기억하는 이들에 의해,
결국 계곡 아래로 굴려져 산산히 부서질 것이다.
부스러진 폐허 위에 새 집을 짓기 위해
가장 먼저 해야 하는 것이
저기 저놈부터 치워 버리는 일이기에.

무심해서 자연이지만, 잊지 않기에 인간이다.

언제까지나 그 자리에 있을 것 같던 화강암 덩어리가
지렛대를 쥔 사람들의 손에 들썩이다가
이내 천둥 같은 소리를 내며 계곡물 속으로 처박히는 날,
퍼히로 사람들의 얼굴에
조금이라도 미소가 돌아오려나.

그 빈터에 새 집이 서고 나면,
행여 홀가분한 기분으로

퍼히로에 돌아올 수 있으려나.

랑탕 마을(3,307m)이 쓸려 나간 자리에 사과나무를 심고 있는 사람들.

사과나무를 심다

내일이 지구의 종말이라 해도 한 그루의 사과나무를 심겠다던
호기로운 철학자는
그 나무가 꺾꽂이로 슴벙슴벙 심어도 잘만 자라는
태평한 녀석인 것은 알았을지 몰라도,
해발 3천 미터보다 높은 곳엔 와 보지 못한 인간임에 틀림없다.

채 얼음이 풀리지 않은 땅에, 오로지 두 팔의 힘만으로
비스듬하게 자른 가지 하나를 힘껏 찔러 넣는다.
산소를 절반밖에 공급해 주지 않는 야박한 대기 탓에
뻔한 몸짓 몇 번에 눈앞엔 우주가 아른거리고
이마엔 차게 식은 땀방울이 성글게 맺힌다.

주변에 온통
채 허리까지 오지도 못하는 관목만 무성한 이곳에서
녀석이 얼마나 주린 배를 채우고 꽃가루를 날려
마침내 열매까지 맺는 날이 오기나 할까 자못 의심스럽지만,
설령 내일이 마지막이라고 해도
이 나무를 심겠다는 이가 있는 판이다.
지금의 수고가 영 터무니없는 것은 아닐 것을 믿고
지구 중심에 한 뼘이라도 더 가깝게 위치시키는 것에
온 정성을 기울인다.

땅심이 박하면 그에 맞게 더 깊이 뿌리를 내리는,
질긴 생명을 잉태한 몸이기에
설령 헛되어 보인다 하더라도
기대와 기도를 한 몸에 품었다.
마을 사람들은 꿈을 꾼다.
혹여 다시 저 위태로운 봉우리가 딴마음을 먹고
마을을 향해 구르기 시작하는 날이 오더라도
아름드리나무들이 어깨를 나란히 하고 든든한 어깨와 뿌리로
자손들, 그 자손의 자손들을 지켜 주는 환상을 본다.
그런 눈에 서툰 일꾼의 더딘 손놀림은
성에 차지 못해 고깝다.

이보시오, 아주머니.
애당초 지나가는 나그네에게 손을 부탁한 것은 당신이잖소.
맵지 않은 손끝을 타박할 요량이면,
어디가 좋은 자리며 몇 치나 들어가야 제대로 된 깊이인지
세세히 일러 주면 더 좋지 않겠소.
거기 서서 그렇게 인상 쓸 시간에
쟁여 놓은 수수 술이라도 좀 풀어서 내오면
더 힘을 내서 심고 가지 않겠소.

그러다 생각나면,
이곳에 돌아와
그늘을 드리운 젊은 나무 아래에서
암만 생각해도 말이 안 되는 일을 하고 있었던
오늘을 추억할 수도 있지 않겠소.

기세 좋게 물 많은 사과 한 입을
베어 물고 말이오.

랑탕마을(3,307m)에서 쿤두(3,550m)로 향하는 길에 마주친 마니월(Mani Wall).
부처님의 말씀이 쓰여 있는 돌을 길을 따라 쌓아 놓았다.

고산증

모르고 온 바는 아니었을 터다.

히말의 뒷산 정도면 명승 취급을 받는
반도의 땅에 속한 몸.
하늘에 한 걸음씩 다가갈 때마다
어디를 올 셈이냐고
어디까지 갈 셈이냐고
뒷덜미를 잡아 내리는 산신의 몽니는
처음 겪는 일은 아니었을 터다.

하지만 빙하가 산을 깎으며 쉼 없이 내려오듯,
머리에 서리는 쉬지 않고 내렸다.
뒤꿈치를 들면 또렷이 윤곽을 드러냈을,
마음만 먹으면 어디로든 데려다줄 것 같았을
청년의 장딴지는 사라진 지 오래다.

그가 허공을 응시한다.
바라본 곳은,
아득하고 또 아득하다.

돌 위에 걸터앉은 그에게서
말이 없어지고
그가 보던 산이 없어지고
그가 걷던 길이 없어지고
그가 없어지고,
그저 숨소리만이 끊이지 않는다.

여기 멈춰 선 채로
온통 다 깨어지고, 잃어버리고,
곤두박질칠 것만 같은
불안이 엄습한다.

말을 건네려던 찰나,

그가 눈을 뜬다.

그리고 다시 걷는다.

다음 골짜기까지만,
다음 봉우리까지만,
바로 다음 발걸음까지만.

아직은
지고 싶지 않은 모양이다.

아직은.

강진 곰파(3,750m) 초입의 표지판. 곰파(Gompa)는 네팔어로 '사원'이라는 뜻이다.

고갯마루에서 내려다본 캉진 곰파(3,750m) 마을 전경.

걍진 곰파의 아침

그는 간밤에 몹시 앓았다.
찬란히 빛나는 설산의 자태라는 보상도 없이,
우기의 고산을 허우적대며 걸어왔던 몸에
드디어 탈이 난 것이다.

하루에 예닐곱 시간씩, 나흘을 꼬박 걸은 강행군이었다.
젊은 사람들도 예사로 나가떨어지는 히말라야의 산길을 그렇게 걸어 놓고
아무런 후폭풍이 없기를 바랐다면 그 편이 더 이상했을 것이다.
4천 미터에 근접한 고도다.
지상에 비해 한결 줄어든 산소는 피로 회복을 한없이 더디게 만든다.

저녁을 먹자마자 난로를 등지고 모로 누운 그의 용태는 과히 좋지 않아 보였다.
당연히 일행들 사이에선 내일이라도 바로 내려가야 한다는 이야기가 나오기 시작했다.
랑탕리룽의 위용도 좋고, 영험하다는 고사인쿤드 호수도 좋지만,
저런 몸으로 휘청이다가 자칫 산허리에서 발이라도 헛디디면 그대로
랑탕 골짜기를 헤매는 이름 없는 영혼이 될 터였다.

그래도 여기까지 왔으니, 갈 수 있는 곳까지는 가 봐야 하지 않느냐는 목소리와
내일 당장 최대한 낮은 곳까지 내려가야 한다는 목소리가 뒤엉켜
건너편 구석에 웅크리고 있던 그의 등에 닿았던 모양이다.
어느새 일어났는지, 부스스한 모습으로 일행들 틈을 비집고 앉는다.
쉬이 모이지 않는 기운을 두 눈에 그러쥐려 애를 쓰며, 그가 말한다.

"한잠 잤더니만 너무 개운하네요.
이곳에 온 이래로 컨디션이 제일 좋은 것 같아요."

난로 안의 불길이 일렁일렁, 춤을 춘다.

아침 무렵,
미처 구름의 바다가 봉우리에 밀려들기 전.
위태로운 얼음 베일을 머리에 드리운 히말이,
이곳을 방문한 이래 가장 또렷한 자태를 드러낸다.

새하얀 빙하에 반사된 태양의 기운은
고대로부터 전해 내려오는 비전의 영약이나 다름없다.
그냥 내려가자는 이야기는 어느새 자취를 감추고,
아직 보지 못한 풍경을 두 눈에 담고 싶다는 의지와 욕망이
새롭게 솟아난다.

강진 곰파 마을 뒤로 랑탕 빙하가 모습을 드러냈다.

구름을 거느린 랑탕리룽의 섬세한 숨결이
이마를 쓸고 간 모양이다.
한결 편해진 호흡과 또렷해진 음성으로
앞으로 더 가야 할 길에 대한 이야기를 나눈다.

그래.
한 번에 가지 못하니 쉬었다가 가는 것이다.
한달음에 닿지 못하니 추스르며 가는 것이다.

뜻이 있으니,
해가 다시 뜨는 것이다.

갸진 곰파에서 내려오던 길은 모퉁이를 크게 돌아 다시 하늘로 오른다.

해마다 8월이 되면, 이 지역 모든 사람들이 소원을 빌기 위해 향하는 곳.

힌두와 라마교의 성지, 하늘호수 고사인쿤드.

그는 어느 순간부터, 코스를 통틀어 이곳에 가장 가고 싶은 눈치였다.

하지만 그러기 위해선, 4,600m의 고갯마루를 넘어야 한다.

여전히 비는 그치지 않고, 구름은 물러날 생각이 없다.

Ⅲ

하늘호수, 그 너머

라우리비나(3,890m)의 롯지 뒤로 구름의 장막이 드리웠다.

기도

롯지의 아침은
헐거운 문틈으로 새어 들어오는
향나무 타는 냄새와 함께 온다.
해는 아직 능선을 타고 오르는 중인데
주인 아주머니는 벌써 몸단장을 마치고
마당을 깨끗하게 쓸어 놓았다.

향냄새가 내실까지 퍼질 무렵
아주머니는 한쪽에 모셔 놓은 제단에 정화수를 붓고
촛불을 밝힌다.

그 앞에서 등신불이라도 된 것인 양
오랜 기도를 바친다.

대처에 나간 아들내미,
딸내미를 위한 발원에다
지진 난리통에 다시는 못 보게 된
가족들의 극락왕생을 빌기라도 하시는지,
나직한 간구의 말이
향냄새만큼이나 자욱하다.

티벳에 불법을 전하러 히말라야에 온
파드마 삼바바는
이런저런 어머니들의 하소연에 붙잡혀
산맥을 채 넘지도 못하고 성불하였다.
나그네의 소원까지 일일이 들어주시기엔
주변 민원만으로도 벅찰 듯하지만,
이렇듯 하늘 가까이 온 김에,
기도 한 자락 바치지 않으면 왠지 서운할 것 같다는 말로
그를 제단 앞으로 이끈다.

무탈하게 하소서.
이 길을 따라 걷는 모든 나그네들이
원하는 목적지에 도착할 수 있도록
굽어살피소서.
간절함을 품고 여행길에 나선 모든 이들이
웃으며 여정을 마칠 수 있도록
도와주소서.

태어난 지 426일 된, 즉 2015년 4월 25일이 생일인 아이와 만났다.
그날은 네팔 대지진이 일어난 날이기도 하다.

지진 날 태어난 아이

6분.
아이가 태어난 지 겨우 6분이 지났을 때,
집이 무너져 내렸다.
태를 끊을 틈도 없이,
필사적으로 핏덩이를 안고 뛰쳐나온 어머니 덕에
아이는 목숨을 구했다.
1주일 동안 하늘을 지붕 삼아 산 끝에,
움막 그늘 아래서 해를 피할 수 있게 되었다.

솟아나고 꺼져 내리는 산맥과 바다 앞에서
세상의 지붕도 주저앉히는 영원의 작용 앞에서
가엾기 짝이 없는 아이 하나의 목숨을 더하는 것이
무슨 의미가 있을까.

하루에도 몇만, 몇억 번씩
태어나고 스러져 가는 별들 앞에서
기뻐하고, 노여워하고, 웃고, 눈물 흘리고
서로 사랑하는 일이
무슨 의미가 있을까.

이제 갓 걸음마를 뗀 아이의 손가락이
밥그릇을 꼬옥 움켜쥔다.
세상에 나올 때 그토록 힘들었던 너는
생의 의지로 충만하구나.

아이의 눈을 보니
우주가 담겼다.
그 눈을 보며 이야기해 볼까.
삶이 허무하다고.
사랑이 가치 없다고.
새까만 동공 속에 소용돌이치는 별무리를 보며
그리 이야기해 볼까.

그가 아이의 머리에 손을 얹는다.
소리로 내지 않아도, 말에 담지 않아도
느낄 수 있는 축원의 언어가
살갗에서 살갗으로 이어진다.

아이야,
잘 살아라.
오래 살아라.

태어날 때 그리 고생했으니
순탄하게 또 평화롭게
충만하게

그렇게 살아가거라.

천지를 조각낼 듯한 굉음과 함께 흐르는 우기의 랑탕 콜라.

강폭이 좁아진 곳에 나무다리가 위태롭게 걸렸다.
롯지를 오가는 상인들과 당나귀 떼가 주로 이용하는, 고사인쿤드로 향하는 지름길이다.

다리를 건너

물이 끓는다.
차디찬 물이 으르렁대며 공중으로 뛰어올라
끊임없는 분노를 토해 낸다.
조절할 필요도, 감출 이유도 없는 힘을
흩뿌리며 뒹군다.

그 위로 걸린 앙상한 다리 하나.
물보라에 실려 굼실대며 다가오는 죽음을
간신히 삶으로부터 떼어 내었다.
먹잇감을 빼앗긴 맹수처럼
여전히 강물은 사납게 소리치고
목숨의 무게는 저 팔랑거리는 다리만큼이나
가볍다.

확신을 가질 구석이라고는 눈 씻고 찾아봐도 없는
나뭇단 위로 발을 올려놓는다.

어차피 길은 외길.
건너지 않으면 앞으로 나아갈 수 없다.
시바가 목을 축인 성역에 발을 들여놓기 위해선
떨리는 나뭇가지 위에 목숨을 올려놓을 정도의 배짱은
있어야 한다.

잔도棧道를 건너 한중漢中으로 들어가는
한고조漢高祖의 심정으로
한 발 한 발 건너가야 한다.
다리의 출렁임에 몸을 맡기고
소리치는 죽음으로부터
스스로를 낮추며 멀어져야 한다.
건너편에서 삶을 이어 갈 수 있음에
감사해야 한다.

다리는 강이 일으키는 물보라에 흔들리고,
덩달아 건너는 사람의 목숨도 춤을 춘다.

오르막길

다시 오르막이다.
훈풍 뒤의 추위가 더 매섭듯
짧았던 내리막에 이어지는 고갯길은
대지에서 뻗어 나온 덤불이 되어
다리에 감겨든다.

위는 온통 구름 속.
가야 할 곳이 가늠조차 안 되는,
그리하여 어디까지 가자고, 무엇이 보이면 되는 거라고
말할 수조차 없는
불확실의 영역.
길어지는 침묵만큼 불안함이 커져 갈 무렵,

그는 너른 바위를 골라 앉았다.

싱곰바(3,300m)를 지나 라우리비나(3,890m)로 향하는 길.
윗마을에 전달할 물건을 지고 가는 포터들과 마주쳤다.

고개를 숙이면 눈에 담기는,
어디를 지나는지
무엇을 디디는지 알지도 못한 채
그저 한 발짝 뒤에 다음 발짝,
묵묵히 쌓아 온 선택의 흔적.
그것이 최선인지 정확히 알 길은 없지만
한 치라도 높은 자리를 골라
다음 발을 내딛어 온,
들숨과 날숨으로 쌓아 올린 역사.

고도 4,000미터를 넘기자, 설산이 마중을 나왔다.

강진 곰파에서 심하게 앓고 난 뒤, 그의 상태는 한결 좋아졌다.

아하,

우리는 제대로 걷고 있었구나.
미련하리만치 착실하게
하늘호수를 향해
가고 있었구나.
잠깐 앉은 덕분에
알게 되었구나.

그의 얼굴에 피어난 미소가
주변에 번진다.

함께였기에,

벌써 이만큼 오를 수 있었구나.

운해

새벽부터 바람이 잦아들더니
아침이 되자 산허리에 바다가 걸렸다.

누구도 선뜻 택하지 않는
6월 우중의 산길.
젖은 발을 무릅쓴 무모함이 없었다면
볼 수 없었을 것들.

말해도 믿지 않았을 것이다.
더 가면, 더 오르면
이런 세상이 있다고.

언제 보았는지도 아득한,
지난 운해의 기억을 품고 있지 않았다면
올 수나 있었을까.
이 산마루까지.

라우리비나에서 바라본, 계곡을 가득 채운 운해.

오랜만에 깨끗한 설산을 보자, 가이드 벅터 람과 그의 표정이 한없이 밝아졌다.

이마저 곧,
골짜기를 따라 차오르는
구름의 밀물에 쓸려 덮이겠지만

눈 속에,
가슴속에 가득 채워 놓아야
다시 허우적댈 수 있다.

어깻죽지에 날개가 돋칠 것만 같은
충만함을 기억해야
젖은 몸 추스르고
수증기의 바다를 헤엄쳐
다음 산마루까지
갈 수 있다.

조금 더 오래,
조금 더 많이
담아 가자.

일렁이는
구름의 바다를.

젖은 발을 무릅쓴 무모함이 없었다면, 볼 수 없었을 풍경.

안개 속으로

삽시간이다.
먼발치에 머물던 구름이
뛰듯이 덮쳐 왔다.

바위를 삼키더니
봉우리를 삼킨다.
하늘을 가리더니
길을 지워 간다.

출발점과 목적지를 잇는 선線이었던 길은
토막 나고 짧아져
이젠 발을 디딘 곳에만 존재하는
점이 된다.
한 치 앞도 보이지 않는다.

가던 길을 멈추고
처마가 무너졌는데도
신정禪定에 들어 있는
부처에게 길을 묻는다.

부처는 여전히
삼매에 빠진 채로
안개를 머금고 말이 없다.
길이 없는 것이 있는 것이요,
산을 오르는 것이 내려가는 것인데
방향을 묻는 분별심 따위
지금껏 정진해 온 침묵을 깨고
답해 줄 리가 만무하다.

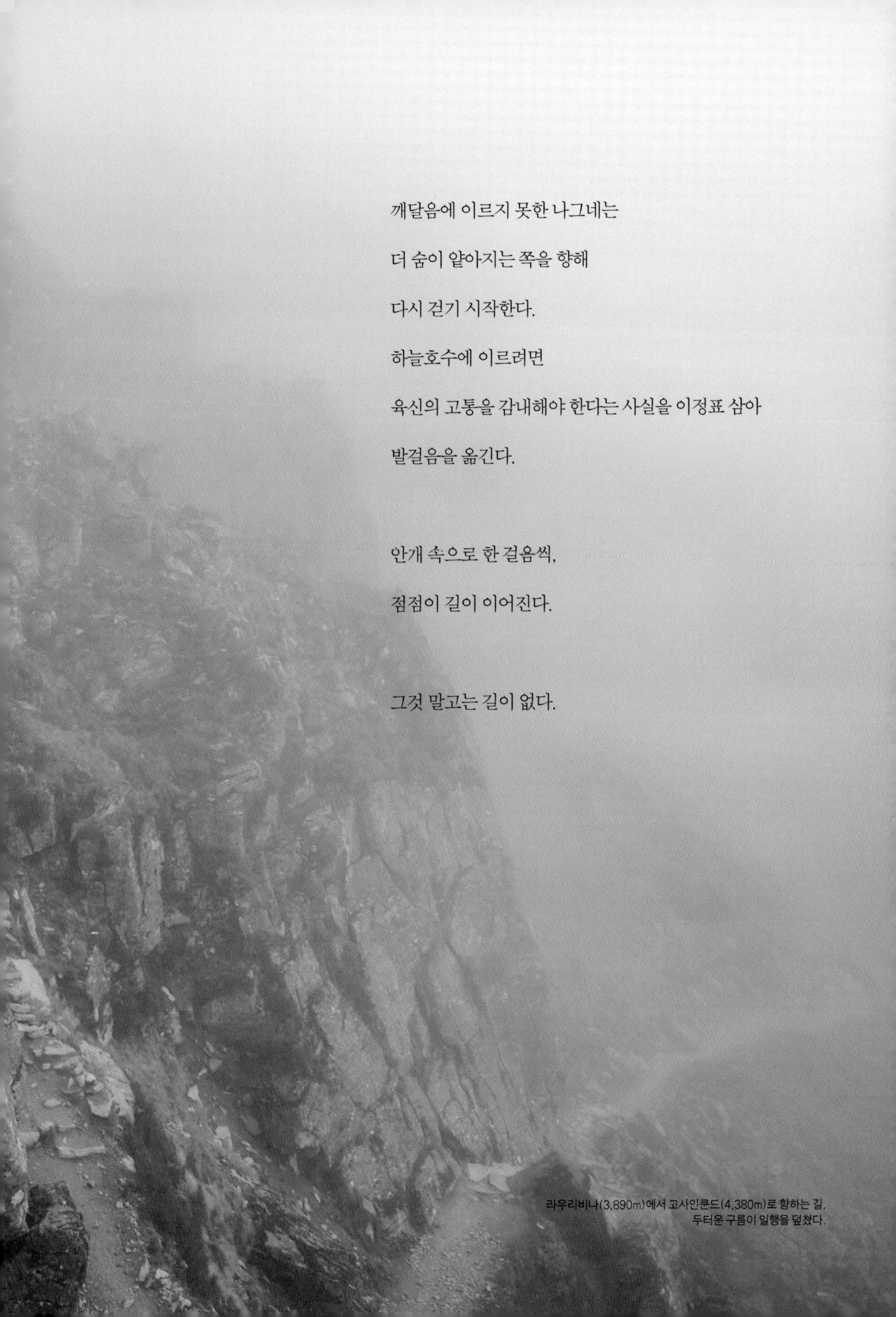

깨달음에 이르지 못한 나그네는

더 숨이 얄아지는 쪽을 향해

다시 걷기 시작한다.

하늘호수에 이르려면

육신의 고통을 감내해야 한다는 사실을 이정표 삼아

발걸음을 옮긴다.

안개 속으로 한 걸음씩,

점점이 길이 이어진다.

그것 말고는 길이 없다.

라우리비나(3,890m)에서 고사인쿤드(4,380m)로 향하는 길.
두터운 구름이 일행을 덮쳤다.

고사인쿤드

전 걸음에 비해 더 힘들 것도,
덜 힘들 것도 없는 그저 한 걸음.
설마 그것이 마지막일 줄이야.
떠날 때 기약했던 곳은 그렇게나 아무렇게,
발아래에 놓였다.
해발 4,600미터의 고개를 넘어
죽을 둥 살 둥 허우적대다 보니
어느새 하늘호수가
눈에 와 담겼다.

먼 옛날,
큰 뱀 한 마리가 있었다.
세상에 대한 원한과 저주를 담아 그는
독을 뿜었다.
미움이 어찌나 사무쳤던지 그 독은
살아 있는 모든 것을 숨 멎게 만들 만큼 강했다.
세상을 구원한 이는 다름 아닌
파괴의 업을 맡고 있는 신이었다.
세상이 존재의 의미를 다하는 날,
업멸業滅의 불을 담은 눈을 떠
모든 것을 태워 버리기로 운명 지어져 있는 신.
다름 아닌 그가 자기 몸을 던져 모두를 구했다.
그가 원한 파괴는 새로운 우주의 시작이었기에.
모든 낡은 것들이 사라진 끝에 생겨나는
새로운 것들의 첫날이었기에,
뱀의 혀끝에서 허망하게 끝나 버리는 멸망 따위는
받아들일 수가 없었다.

해발 4,380m 높이에 위치한 고사인쿤드 호수는 인근에 거주하는 힌두교도와 불교도 모두의 성지이다.

호숫가에는 영험하기로 소문난 시바의 신당이 자리 잡고 있다.

증오가 굳어져 고약처럼 뻑뻑해진 독을 들이켜고
신은 신음하며 몸부림쳤다.
눈조차 떠지지 않는 어둠 속에서, 옷을 찢고, 땅을 긁었다.
들고 있던 삼지창을 발아래의 산맥을 향해 휘두른 순간,

우르릉.

갈라진 틈에서 시리도록 차갑고 깨끗한 물이 솟아났다.
신은 그 물로 목을 축이고 입을 헹궈
온몸이 뒤틀리는 고통에서 벗어날 수 있었다.
그리하여 자신이 의도한 대로,
모든 업※이 스러지고 새로운 세계가 다시 시작되는
장엄하고도 상냥한 종말을 기다리며
히말라야의 산꼭대기에서 명상에 잠길 수 있게 되었다.

세상이 끝날 뻔했던 그날의 풍경을 바라보며
호숫가 너럭바위에 앉은 그는
한참을 생각에 잠겨 있었다.

시대의 종말과 시작을 주관하는 신의 자취를 좇기라도 하듯
굳은 표정으로 시바가 남긴 정화수를 바라보고 있었다.

간절하게 또 외롭게,

그렇게 앉아 있었다.

호숫가 탑돌이

고사인쿤드 호수 주변으로 소원을 비는 돌탑이 늘어서 있다.

그의 뒷모습에서
여유를 찾아보기는 힘들었다.

적응이 되었다고는 하지만 4천 미터가 넘는 고산의 희박한 대기 속이다.
가빠지는 숨에 걸맞게 격렬히 걸을 수 있는 사람은 애당초 아니었다.
걸음걸이는 편하지 않았고, 조금씩 비틀거렸다.
하지만 호숫가를 따라 하나의 닫힌 원을 만들기 전까지,
그는 돌아갈 마음이 없어 보였다. 아니 이미 건너편에 도착한 이상,
앞으로 계속 가는 것이 더 합리적인 선택이었다.

발단은 일행 중 한 사람이 며칠 전 꺼낸 이야기였다.
"고사인쿤드는 갠지즈에 맞먹을 정도로 영험한 곳입니다.
탑돌이를 하듯 둘레를 돌면 소원이 이뤄진다고 하더군요."
듣고 있던 당시의 그는 아무 말이 없었다.

일행 모두가 이 말을 다시 떠올리게 된 것은
호수가 내려다보이는 숙소에 짐을 풀고 얼마 지나지 않아서였다.
"자, 얼른 내려가서 호수를 한 바퀴 돌아야 하지 않겠습니까?"
재촉하는 그의 눈이 아이처럼 빛나고 있었다.

길은 점점 좁아졌고, 반쯤 물에 잠겼다가 다시 나타나기를 반복했다.
꾸준히 우리의 뒤를 좇던 구름이 호숫가 고개를 넘어왔고,
이내 모든 것을 삼켜 버렸다.
찬란함도 반짝임도 없는, 무엇을 좇아 어딜 가는지도 모를
그런 길이 계속되었다.
그가 돌 위로 짚는 지팡이 소리만이 또각또각
규칙적으로 들려올 뿐이었다.

고사인쿤드 호수 주변을 돌던 그가 사람들이 쌓은 돌탑을 살펴보고 있다.

그 소리마저 멈춘 곳에서 그는,
무엇인가를 보고 있었다.
무위無爲의 영역에 속한 것이라기엔
턱없이 가련하고 위태로워 보이는 돌무더기들.
이곳에서 소원을 빌고 간 사람들이 남긴
조그마한 돌탑들이었다.
같을 수 없는 무수한 염원들을 그대로 반영하듯,
생김새는 제멋대로였다.
높은 것과 낮은 것, 바른 것과 비틀린 것, 잘생긴 것과 못생긴 것.

큰 바람 한번 일면 쓸려 가 버릴 것을 알면서도
사람들은 빌고 갔던 것이었다. 온 정성을 다해.
일주일을 걸어 이곳 하늘호수까지 와서,
쌀과 꽃을 바치며 간곡히 또 간곡히
빌고 또 빌었던 것이었다.
이것이라도 해야 했던,
이렇게라도 하지 않으면 안 되었던 소원들을 담고
조그마한 돌탑들이 안개 속에서 흔들렸다.

한참을 바라보던 그가
다시 걸음을 옮기기 시작한다.
저 돌탑들을 닮은
어떤 소원들이 생각나기라도 한 듯
한결 간절해진 걸음걸이로
호수를 돈다.
탑돌이를 한다.

어느덧 안개가

걷히기 시작했다.

소리마저 멈춘 곳에서 그는 무엇을 보고 있었던 것일까.

포터들과의 시간

그들은 보이지 않는 사람들이다.
보지 않기로 마음먹으면
안 보고도 살 수 있는 사람들이다.

더 일찍 일어나, 더 무거운 짐을 지고, 더 오래 걷는 사람들.
그들의 이름은 'Porter'가 아닌
니마, 밍마, 덴지, 도르지, 나왕이다.

그들을 불러 술을 따른다.
우리의 고통을 덜어가 준
수고로운 등과 어깨를 위로하며

한 잔 술을 나눈다.

한창 크고 있는 자식들 이야기,
병으로 고생하는 노부모 이야기에,
이 나라 저 나라 말로 한 자락씩 노래를 섞으며
건강히 다시 보자는
허망하지만 진실된 말을 주고받으며
웃음소리로 아쉬움을 가린다.

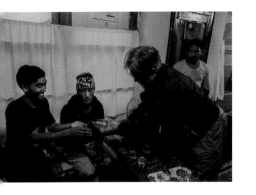

그렇게,
마지막 날의 밤이
저물어 간다.

하산 도중, 싱곰바(3,300m)에서 산행의 에필로그와도 같은 석양을 만났다.

마 치 며

한국에 돌아오고 나서 딱 열 달 후,
그는 대한민국 제19대 대통령이 되었다.

히말에서 본 그의 모습은,
누가 당장 듣지 않아도 될 재미없는 이야기를 꺼내도
미소를 잃지 않고 인내심을 가지고 들어 주는 사람이었고,
열흘 넘게 3천 미터급 산행을 해도 유머를 잃지 않는
여유와 체력이 있는 사람이었고,
혼자 마른자리에 앉기보다
다 같이 너른 자리에 앉아 쉬어 가기를 바라는 사람이었다.

그렇기에 그의 임기는 순탄할 것으로 믿어 의심하지 않았다.

하지만 어디 세상일이 그렇게 흘러가던가.
5년 동안 그의 처마 위로 비가 오고 눈이 쌓이고
모서리에 날이 선 바윗돌이 굴러 내렸다.
어쩌다 미디어를 통해 보게 되는 그의 모습도
산에 있을 때보다 더 수척해 보이는 것들이 대부분이었다.

그렇게 얼마간의 시간이 더 흐르고 나서 정신 차려 보니,
내리막이 있어야 할 곳에 오르막길이 생겨나 있었다.
눈을 부비고 다시 부릅떠 봐도 거기 있는 건,
또 다른 오르막길이었다.

하지만 산에 올라 본 사람은 안다.

꼭대기는 그렇게 쉽게 발을 허락하지 않는다.
한동안 산마루라고 생각했던 곳은 결국,
잠시 머물 수 있는 품을 내어 준 너럭바위였을 뿐이다.
그 뒤로 이어진 오르막길은 그래서 어느새 내리막으로 이어질,
길게 이어진 하나의 능선일 뿐이다.

오르막이 다시 나타났다고 해서 낙담하고 불평할 시간에
그 길을 함께 걸을 사람의 얼굴을 바라보며
따뜻한 농담 한마디, 차 한잔 건네주는 것이 남는 장사다.

기왕 올라야 할 우중의 오르막길이라면
나는 다시 한번 그와 함께 걷고 싶다.

이제는 옆 방문을 두드려 깨울 수도,
목이 짧은 신발을 신는다고 타박을 줄 수도 없는 그이지만
나는 꿈을 꾼다.

언젠가 다시 한 번
그의 등을 보며 하늘호수를 향해 걸어갈 수 있기를.
히말라야의 새파란 하늘 아래
한없이 홀가분한 표정의 그를 마주할 수 있기를.

한 발 그리고 또 한 발,
삶의 오르막을 오르고 있는 모든
분들에게
이 책이 작은 위로가 되길.

그리고

끝나지 않은 가파른 고갯길을
함께 손잡고 걸어,
그와 우리가 함께
구름 걷힌 하늘호수에 도착하길.

오르막길